河内文雄句集

真太太幾

matataki

ふらんす堂

目次

句集　真太太幾

左

大望は野望のつづき去年今年

火にかざす餅八方に膨れをり

元日の青空《そら》本当に抜けてをり

たましひを箱根駅伝繋ぎけり

キュビスムの時代は遠く福笑

乞《こつ》食《じき》の胸ほつこりと寒つばき

餅を焼く亀甲模様だからなに
なな草に達成感のやうなもの

寒牡丹わらに凭るる藁のいろ

ため息をそらに逃がさむ冬菫

寒気裁つ鋏はさみを研ぐ寒気

暁闇の凍つや霧笛に応へなし

寒立馬句は切《きれ》をもて独り立ち

連なりて水仙ロード神のみち

人寄るにひと先づ散らむ寒雀

玄関の葉牡丹けふも控へめに

恐ろしきまでの高さを波の花

をろがめば賽銭箱に淑気満つ

寒すばる宙の一隅照らしかね

衆目のほのほ百態どんど焼き

風下の氷柱の性根まがりたる

目ぢからと云ふ梟の生くる術

去年今年僕は貴女の息子です

その中に汚れをまとふ白鳥も

踏み込めば落葉に押し返す力

御殿場とお転婆ちがふ手毬唄

風神と屠蘇まはりたる雷神と
国々の誉れを背負ふ雑煮かな

位に即きて千両すでに主の色

海は波立ててなんぼや冬の鴎

幾

鴨引くや坂東太郎ゆるやかに

頬白のひとり稽古や枝のさき

故郷はとほくにありて風信子
白魚の睦みて海を去ぬあした

ヒトのみの持つ唇や春きざす

春はやて楽観論を根こそぎに

ひと時の雪よ刹那に去ぬ雪よ

春寒や飼主《あるじ》待たせて糞《まり》を放《ひ》る

微《ほろ》苦きスマトラカレー蕗の薹

立春の日矢ほど直きもの不在《あらず》

逢引きゆ春宵どこか伏目がち
氷だつた事さへ覚えてないの

風に鳴る雨戸や北野菜種御供

蒼穹に元気やつしやと初雲雀

春浅し川は身丈を伸ばしつつ

精籠めて包丁を研ぐ雨水かな

輪郭を持たざるごとく春の月

野焼してわれに野性のあり処

節分の所作の始めは如何様に
ふすぼれば吾も末黒の芒なる

梅に降る雨の重さと覚えけり

荒東風ゆ四条烏丸素どほしに

華やぎの渋きは旧正月なれば

居場所なき転校生や春のゆき

談合や罪ともならず野山焼く

物売の声のくぐもる余寒かな

地味偏の過去を肴に花ミモザ

魞挿すや湖の底とて陸《くが》つづき

自生せる椿の枝のあらあらし

春潮の一期この岸にて終はる

由

蜷のみち書道展へとつづく道

雛祭ごとに長けをり乙女ぶり

夢のみに出でくる道や諸葛菜

老人にらうじん好み遅日かな

画素多き液晶画面まつくぐり
山ぎはを描きあぐねし筆の花

春昼の石段どれも間延びせる

胴ながの惣領なほも日永なる

貝塚に立つ陽炎のおぼつかな

これよりは雛の結界丸めがね

三月の目鼻分かたぬ恋ごころ

海嶺の息衝きとてや涅槃西風

春の虹あかあをきいろ脇役に

春の夜の我が身の爪を切離す

朝を混む企業戦士や雛をさめ

かたことの車掌必死の案内《あない》春

線路際迄は紫雲英の統治下に

分け入りて秩父はとほし雪柳

はなこぶし分水嶺になれぬ峠

盆地ならではの風みち柳の芽

ほほ骨の高きそまびと枝垂梅

春の海ひねもす坂の突き当り

解禁の春のしらすの甘さかな

三月の雲のほとりを群すずめ

渇愛と慈悲の遅日やかくれ浜

啓蟄を隔ていのちの逃げ支度

一丁目から八丁目までおぼろ

好天の遅日あらかた物さがし

点景として春風のなかに佇つ

ひそみをる忍者受難の花粉症

女

朧夜の冗談やすみやすみかな

風立ちぬ十九の思ひ花うづみ

目には目を歯には入歯を苜蓿

かの富士ですら歪なり目借時

春雷の音の消えぎは間遠なる
白鳳のほとけ面長のどけしや

死語丁稚手代番頭木の芽どき

朧月よかよ満など持さずとも

脳天へ抜け忖度の無きわさび

牧場なる広き界隈うまごやし

船ぞこの形に窪むや春のうみ

控へ目なよるへ夜桜もて応ふ

地下鉄のガード潜るや万愚節

草もちをあきなふ二軒門前に

ホームからはみ出す列車遅桜

夕されど白き太陽つちふるや

朝寝権そは憲法にあきらけし

猫の手は要らじ蛙の目借どき

うろくづの著き魚拓や弥生尽

逃みづの車線変へつつ遁走す

見詰めをり猶みつめをり風車

ねむり花むかし鷗は鳥だつた

山ざくら鳥の糞りたる種の裔
山吹の見境ひも無く鮮らけし

みち覆ふ花のすき間や信号機

夜桜は曙《ひかり》ゆめ見つ散ると言ふ

伏線のつぼみ回収さくらしべ

鎖場のくさり外れて巣立ち鳥

つちふるや落日は常ならぬ色

春燦々よろこびてをり葉緑素

美

丸ごしにて対峙す全山の新緑
男根の誉れの硬さかしはもち

夏空のすでに人知を超ゆる碧

指立てつ漁師五月の風を読む

外房の岩うちばうのすな薄暑

空蟬はもぬけの殻に非ずして

金雀枝の余白を湖の埋めけり

胴吹きの繋ぐいのちや楠若葉

忍冬の花の嗅ぎごろ逃すまじ
均等にくだけ皐月の雨となる

緋牡丹や博徒或る意味有識者

はつなつや恰幅の良き高島屋

噴水は風とかたらひ人濡らす

香の闌けて牡丹艶めく夜の奥

弾ひとつ撃たぬ兵士や聖五月

かしこまる枝や泰山木のはな

麦秋の風は大志を連れてくる

絶滅を危惧す目高の泳ぎぶり

切岸の崩れつくろひ夏に入る

新しき靴がひと乗せ夏に入る

麦の秋そは解き放つ絵空ごと

首長きタカラジェンヌや釣忍

受けくちの花びら潜み白牡丹

篝火の音はじければ鵜の猛る

卯波立つ浜に二艘の舟を置き

兄弟は姉妹とちがふ瓜のはな

真つ先に山をうるほし山清水

教室の壁に新茶の文字ならぶ

麦秋や競歩の選手おほ真面目

純潔は過去純情は永遠《とは》の薔薇

之

街の音ソーダ水のメのじゆる
滴りの間合如何にも舌足らず

百日紅落つや水面の枝に添ひ

滝壺に放下のひかり煌めけり

蠅どちの豆腐の角を迂回せる

千枚田背ナ伝ふ汗なんまいだ

夏の陽の闌けて駱駝の長睫毛

言ふなれば安堵の差配雲の峰

こがねむし太陽系を仮住まひ
蟻蠓を少し貰つてくれまいか

ぢやない方の哀歓ゆすらうめ

此れもまた命の形ひきがへる

慈悲心鳥いづれ先んず山と谷

空梅雨の天や奇想の雲ながる

小満やまたビルの建つ交差点

うちみづの合戦めくや両隣り

素足わけ入る靴下の行き止り
六月の調べ生み出す雨であり

山国といへど水田の平らけし

萍の皺やぴえん超えてぱおん

ウマ丸くウシは角張る尻や夏

ふなばしの由来あれこれ杜若

ちはやふる神の在所や楠若葉

口伝なる紅花半夏ひとつ咲き

更迭のこころさてこそ木下闇

生死など人の世のこと水中花

香水といふ人類のマーキング

なま白き肌恥ぢてをり衣がへ

蝸牛疾うに句意など忘れたは

あを蔦のかげ歳古りの煉瓦壁

恵

紙魚の過去より没原稿の未来《あす》

闇食うて花火の育つ越後かな

存念をまうし上ぐればかき氷
スカラベに烈日運ぶてふ責務

なつ日背に受け直登の至仏山

地麦酒の泡に始まり泡に終ふ

囚はれの貧しき金魚きみも亦

山襞は山皺と老ゆなつを経て

滴りゆ地底の闇を背負ひつつ

一生を得ざる九死やあぶら蟬

歩むとは炎昼にへそ運ぶこと

重文の花器へダリアの傲然と

標高も海抜も未知くものみね

純系の胡瓜曲りたくてまがる

丁字路の左右まよひて戻る夏

背徳の騒めき裏見の滝のうら

生涯を尻のおほきな蟻として
落水のこぞりて滝の動かざる

水着無きころの羽衣天女かな

壁に倚る和弓ひとはり大西日

膝横に流しパラリンピック夏

煮染たる醬油の粘りまつり笛

片陰は陽を仰ぐこと無き儘に
朝凪はまだし夕凪耐へがたし

少年は少女にあれが蒲の穂と

何くれと耳のせり出し蚊喰鳥

奇を衒ふことの鮮し胡麻の花

滝すでに抜けをりみづの柵を

雲海や懺悔のまなこ細うして

かたはらに踏切からす瓜の花

比

攀ぢのぼる岩の襤褸や晩夏光

運命の風待つ綿すげのたねか

参道のにくや繁盛うらぼんゑ

見誤るおのれの丈や夏の果て

蜩やつひぞ見かけぬ地球ゴマ

濡れし手を尻で拭きをり鉦叩

台風来ほとけもすなる神頼み

酔芙蓉悲しき時は笑まひけり

涙目のこころ抱へむ紅ふよう

電照のやたら明るく菊だます

呼びもどす天動説や夜這ひ星

靴ハの字レの字帰省の男子寮

間髪を容れぬ問答さやけしや

中腰の漢ぞろぞろ阿波をどり

元寇の絵のてつはうや秋出水

濡れ衣のここに極まり放屁虫

惜別のすずろに虫を聴く夜か

八月は季節の迷子だとおもふ

とは云へど何処ぞ秋の立ち処

フォービスム元祖や宵の萩葎

旋律の行きつ戻りつ秋ほたる

南面の正座くづさば桐ひとは

初秋の店子は大家さとしけり

竿灯のてらひや竹の底ぢから

竿灯は齶田《あひた》の闇を手繰り寄す

七夕や規矩はづれたる短冊も

いなづまは蓬萊山を浮立たす

盆波のせめて荒磯に砕けかし

観る人は見らるる人や阿波踊

現場には現場のおきて実山椒

毛

微笑や母子手重ねの葡萄捥ぎ

親族《うから》より一族《やから》へ唐黍のとどく

怪盗の秘宝まんまの良夜かな

取り零す星の数多や雁わたし

百とせの無沙汰身に沁む箒星

秋場所や行司の衣装派手好み

数式は永遠《とは》に解けざり星月夜
残像に滅びの美学ながれぼし

人形の秘《ひそ》とまばたく無月かな

併せ吞む濁ねがはくは濁り酒

月光にかろきたましひ吸ふ力

宵闇の金離れ良きをとこかな

楽譜より音符浮立つ良夜かな

代議士《せんせい》の貌の卑しさきつね花

コスモスに受粉の震へ犀の角

云ふなればば元祖パリピや萩葎

順当と外連のあはひ百舌高音

鎮魂のラジオあたため酒二合

彼は誰やカーブミラーに鰯雲

弱きさまにても野菊の逞しく

敬老の日も定番の駄々捏ねて

長じては露の精霊とぞなりぬ

秋澄むと画布《キャンバス》にいろ溢れ出づ

夢見良き日は種々《とりどり》の小鳥来る

十六夜や映画の涙かくれざる

たつぷりの願ひ託すや秋の虹

仏にも生きぼとけにも濃竜胆

木賊刈る身の寸鉄を煌めかせ

空き缶を蹴るに気息や天高し

正しくは世捨てられ人九月尽

世

芳醇な余白持たばや新ばしり

霧の業つき抜けてゆく人の業

酔狂なふうてい競ひ毒きのこ

特急の後ろすがたや秋のこゑ

ふたいろに山肌わかつ芒かな

戯れに割りて榧の実香の高し

幹微動だにせず銀杏葉を零す

菊活て夕餉の肴《あて》は如何にせむ

秋茄子の濃紺は身に余るいろ

号砲を吸ひ込む空や秋さくら

暮れ泥む野辺やしみじみ烏瓜

混迷の終始に似たる秋思かな

秋しぐれ少し大人になり給へ

無花果の前世は手榴弾ならむ

経済は世を救ふわざわたり鳥

恐竜のあしあとさはに秋の空

遠浅のうみはたひらに天高し

口づての卑弥呼塚とや金木犀

嫁とりは柿の皮剝く手際にて
片手にて林檎を握りつぶす漢《ひと》

栗の毬裂け里山のビッグバン

笑福亭つるべ落としや秋の暮

幸せな孤独たとへば木守り柿

天高く水は渦へになりたがる

雲一つ置く余裕さへ無き秋天

忽ちの風や椎の実トタン屋根

秋社巫女の立ち居の瞭らけし

夕づくや刈田に人の疎らなる

南瓜料《れう》るに要するは気合のみ

多すぎる壁の品書《メニュー》や新ばしり

寸

目印をとらへ木枯し曲りをり

冬めくやねずみは壺の仮想敵

利きうでの拳をさをさ山眠る

沿線は黄金の大地さつまいも

切れぎれの駅を連ねむ小六月

柿の実の蜂起や枝の黒子めく

枯蓮然まで朽でも良からうに

小春日を使ひ余して仕舞けり

桟橋はうみとの会話ふゆ帽子

おしなべて着地上手や散紅葉

平仄を合はせ難しやかへり花

あの待今《たんま》しタイムと気付く冬

前立腺三《み》度《たび》霜夜に目覚めしむ

ヴィオロンの厚塗のニス神渡

臍の緒の枯れて初恋実らざる

手遊《すさ》びの轆轤回せば冬に入る

落しても割れぬ備前や玉子酒

一面の霜の夜明けを独り占め

差し脚の鋭く寒波せまり来る

糸杉は天へのいのり霜の墓地

晩年やわけても嵯峨の冬紅葉

尖らせるほどの神経無き海鼠

冬めくや帽子の鍔になめし革

艶聞の立たざるままに木葉髪

語り部の雪や久遠の旅の果て

時雨しごと仕事しぐれ几帳面

ロマンスよ花柊の香のもとに
侘助と云ふ程侘てをらねども

紙漉きは紙の溺れを救ふわざ

破れ障子労せずものす一歳児

无

朝火事は他人ごと先を急ぐ人

視聴率かせぐ裏切りドラマ冬

行列を守らぬ異郷ふゆざるる

炭継ぎの点前畢竟めしのたね

名の木枯る命遣ひに疎きゆゑ

牡蠣啜る天下国家を論じつつ

綿虫や絶えてひさしき子守唄

万両の内に向きたる艶ごころ

刃毀れを研ぎ残したり枯尾花

大根の乱切り憂さの捨どころ

笑ふ眸に醒めた瞳や炙りもち

和を以て貴き鴛《を》鴦《し》や土星に環

煤逃の不要不急のをとこかな

極月の子等に最も呼ばるる名

寒昴空気切るのは止めなはれ

諦観はこころの死とや針供養

無名てふ名を持つ画家や頰被

義士会や色艶の良きかたき役

道しるべ探す暗やみ年惜しむ

冬うらら回りつづけるマニ車

えだ打ちの痛々しくも冬木立

二兎三兎追ひ悴みの淵にゐる

雪つどひ川面を秘《ひそ》と流れをり

ふゆひでり凛と山守り七代目

堕ちてゆく路上の絵描き冬苺

冬至過ぐとても騒々しき地球

四六時中三八時中クリスマス

年越しの鰤の切身の厚きこと

竹とらぬ翁とし取り大みそか
後悔の無き歳晩のなかりせば

あとがき

恐らく一生つづくであろう句業の中で、この『真太太幾』が、自分にとっての一つの分岐点となることは間違いありません。この第五句集によって、今まで頑なに背負って来た、こだわりやしがらみや狭量な価値観などを、自分でも意外なほどサラリと脱ぎ捨てることが出来ました。これから後は、リハビリノートと俳句手帳のキメラではない、本来の意味の句集を世に問いたいと思います。

でもこれを逆に言えば、フツーのスタートラインに立つまでにこれだけの道を辿らなければならなかったということです。つくづく病気というものは厄介なものだと思います。皆さまどうぞご自愛ください。

例によって次回作の告知です（笑）。

発刊予定の『安止左幾』は、これもまた恒例の万葉仮名で、夢の後先から採りました。

著者略歴には「ふらんす堂」の文字が並ぶことでしょう。ずっと同じご担当者様方とチームを組んでやってきました。私にとってはその事実こそが最大の財産です。

河内文雄

令和四年五月

著者略歴

河内文雄（こうち・ふみお）

昭和二十四年　岐阜県飛驒高山にて出生
平成二十八年　「銀化」入会
令和二年　第一句集『美知加計』（ふらんす堂）
令和三年　第二句集『美知比幾』（ふらんす堂）
令和四年　第三句集『宇津呂比』（ふらんす堂）
令和四年　第四句集『止幾女幾』（ふらんす堂）
現　在　「銀化」同人　俳人協会会員
現住所　千葉市稲毛区小仲台二―一―一―三三〇一
Mail　kouchi-fumio@nifty.com

句集　真太太幾（またたき）

発　行　二〇二二年八月三〇日　初版発行

著　者　河内文雄

発行人　山岡喜美子

発　行　ふらんす堂　〒182-0002東京都調布市仙川町一―一五―三八―2F

電話〇三―三三二六―九〇六一　Fax〇三―三三二六―六九一九

ホームページ http://furansudo.com/　E-mail info@furansudo.com

装　幀　君嶋真理子

印刷所　日本ハイコム株式会社

製本所　株式会社松岳社

定　価　本体三〇〇〇円＋税

※乱丁・落丁本はお取り換え致します。

ISBN978-4-7814-1491-1 C0092 ¥3000E